Vente le Vendredi 7 Février 1868.

COLLECTION

DE FEU

M. VIDAL

BIBLIOTHÈQUE

EXPOSITIONS
{ Particulière, le Samedi 1er Février 1868
{ Publique, le Dimanche 2 Février 1868

Mᵉ CHARLES PILLET,
COMMISSAIRE-PRISEUR

M. LAVIGNE,
LIBRAIRE-EXPERT

1868

COLLECTION VIDAL.

Catalogue des **Tableaux**, **Dessins**, **Miniatures** et **Objets d'Art.** — Vente des 3, 4 et 5 Février 1868.

Catalogue de **Bons Livres**, ouvrages à figures, etc.
Vente du 7 Février 1868.

Catalogue de la **Collection musicale** et des **Instruments de Musique.** — Vente du 6 Février 1868.

Catalogue de la **Collection Numismatique.**—Vente du 8 Février 1868

Ces Catalogues se trouvent

CHEZ

Me CHARLES PILLET, commissaire-priseur, rue de Choiseul, 11.

M. FEBVRE, expert, rue Saint-Georges, 14.

M. LAVIGNE, libraire-expert. rue de Trévise, 38.

M. CHARVET, numismate, rue de Londres, 20.

Paris. — Typ. PILLET fils aîné, 5, rue des Grands-Augustins.

CATALOGUE

DE

BONS LIVRES

ANCIENS & MODERNES

OUVRAGES A FIGURES, LITTÉRATURE, ETC.

PROVENANT DE LA BIBLIOTHÈQUE DE FEU M. **VIDAL**
Ancien premier violon de la Chapelle de Charles X et de Louis-Philippe,
et de la Musique de Chambre sous Louis-Philippe.

DONT LA VENTE AURA LIEU

HOTEL DROUOT, Salle N° 3

Le Vendredi 7 Février 1868

A DEUX HEURES.

Par le ministère de M° **Charles PILLET**, Commissaire-Priseur.
11, rue de Choiseul,

Assisté de M. **LAVIGNE**, Expert-Libraire de la Chambre des Commissaires-Priseurs,
38, rue de Trévise.

Chez lesquels se distribue le Catalogue.

EXPOSITIONS

PARTICULIÈRE. *Le Samedi 1ᵉʳ Février 1868, de une heure à cinq heures.*

PUBLIQUE. *Le Dimanche 2 Février 1868, de une heure à cinq heures.*

CONDITIONS DE LA VENTE

Elle sera faite au comptant.

Les acquéreurs payeront *cinq pour cent* en sus des adjudications.

N. B. — Le Libraire chargé de la vente remplira les commissions des personnes qui ne pourraient y assister, aux conditions ordinaires *(affranchir)*.

— Paris. Imp. de PILLET fils aîné, 5, rue des Grands-Augustins.

DÉSIGNATION DES LIVRES

1. **Albrechtsberger**. Méthode élémentaire de composi-
tion, trad. de l'allemand, par Choron. *Paris, 1814,*
2 vol. — Choron. Dictionnaire historique des musiciens
artistes et amateurs, morts ou vivants. *Paris, Chimot,*
1817, 2 vol., ens. 4 vol. d.-rel.

2. **Anacréon**. Recueil de compositions dessinées par Gi-
rodet, avec la trad. en prose des odes de ce poëte.
Paris, Chaillou-Potrelle 1825, in-4°. — Sappho. Recueil de compositions avec une notice sur la vie et les œuvres de Sappho, par M. Couppin. In-4°, ens, 2 vol.
dem.-rel.

3. **Arioste**. Roland furieux, poème héroïque, trad. nou-
velle, par M. d'Ussieux. *Paris, Brunet, 1775,* 4 vol.
in-4°, fig. d'Eisen et autres avant la lettre. v. rac. fil.
tr. dor.

4. **Assignats**. Une collection d'assignats, dont un bon de
50 livres de l'armée catholique et royale de Bretagne
remboursable au trésor royal, n° 573.

5. **Autographes**. Grétry, 3 pages de musique in-4°. — 2
pages in-4°, signé. — Meyerbeer. L. A. S. à Habeneck;
Méhul. L. A. S.; Habeneck. L. A. S.

6. Autographes. — Talma. Lettre auth. signée. — Mlle Mars. L. A. signée.

7. — Bonaparte. (attribué à) Billet A. S. — Orléans (Ferdinand d'). Billet A. S.

8. — Musiciens et compositeurs. Bayot, Rigotini, Cramer, Boëly, Ech, Rossini, Vidal, Cressentini, Woefl, Woott, Viotti, Tulou, Spontini, Rodé, Grasset, Elward, etc., ens. 34 pièces.

9. — Neuf pièces signées Louis XV, de Breteuil, de Bervick, de Tessé, de Noailles, L. A. de Bourbon, Philippeaux, de Balincourt, Colbert de Croissy, une pièce d'écriture sur vélin Dessalle. Une pièce sur parchemin signé : Griffet et de Jaluzin, par Mgr. duc de Bourdonnais.

10. **Barthélemy.** Voyage d'Anacharsis en Grèce. *Paris, Dupont,* 1826. 7 vol. 8º et atlas in-4º dem.-rel.

11. **Béranger.** Œuvres complètes. *Paris, Perrotin,* 1834, 5 vol. 8º fig. et musique, dem.-rel

12. **Bernardin de Saint-Pierre.** Œuvres complètes, mises en ordre et précédées de la vie de l'auteur, par Aimé Martin. *Paris.* 1818, 12 vol. in-8º, fig. dem.-rel.

13. **Bescherelle.** Dictionnaire national, ou Dictionnaire universel de la langue française, 7ᵉ édition. *Paris, Garnier,* 1858, 2 vol. in-4º dem.-rel.

14. **Biet.** Souvenirs du Musée des monuments français. Collection de 40 dessins perspectifs gravés au trait par MM. Normand père et fils. *Paris,* 1821, in-fol. dem.-rel.

15. **Bitaubé.** (Joseph). *Paris,* imp. de *Didot* l'aîné, 1786,

2 vol. in-18, papier vél. fig. de Marillier. mar. viol. fil.
tr. dor. doublé de tabis (anc. rel.).

16. **Bitaubé.** L'Iliade et l'Odyssée d'Homère avec des remarques ; précédées de réflexions sur Homère et sur la
traduction des poëtes. *Paris, Dentu* 1804, 6 vol. 8° port.
rel.

17. **Boccace.** Contes (le *Décameron*), trad. de l'italien, par
A. Barbier. *Paris*, 1846, gr. in-8°, fig. de T. Johannot,
dem.-rel.

18. **Bossuet.** Discours sur l'histoire universelle. *Paris, Delestre-Boulage*, 1821, 2 vol. — Oraisons funèbres. *Paris,
Delestre-Boulage*, 1821, 1 vol. *ens.* 3 vol. in-8° dem.-
rel.

19. **Bourassé.** Les Cathédrales de France, *Tours, Mame*,
1843, gr. 8°, fig. — Gilbert. Description historique de
l'église cathédrale de Notre-Dame de Chartres. *Chartres*, 1824. — Combes. Histoire de l'école de Sorrèze.
Toulouse, 1847, in-8° *ens.* 3 vol. in 8° dem.-rel.

20. **Brantôme.** OEuvres complètes. Edit. revue et augm.
par A. Buchon. *Paris, A. Desrez*, 1839, 2 vol. gr.
in-8° dem.-rel.

21. **Bruce** (James). Voyage aux sources du Nil. *Paris*, an
VII, et autres voyages. 49 vol. in-18, fig., v. gauf. fil.
tr. dor. — (Il manque le tome 33).

22. **Castil-Blaze.** De l'Opéra en France. *Paris, Janet et
Cotelle*, 1820, 2 vol. — Blondeau. Histoire de la musique moderne. *Paris*, 1847. — Picquot. Notice sur la
vie et les ouvrages de Luigi Boccherini, Paris, 1851.
Ens. 4 vol. in-8° dem.-rel.

23. **Choix** de chroniques et mémoires sur l'histoire de

France avec notices biographiques, par **J. A. C. Bu-**
chon. Chroniques d'Enguerrand de Monstrelet. *Paris,*
Desrez. 1836, in-8° dem.-rel.

24. **Collection.** Charpentier et autres. 15 vol. dem.-rel. Le
Dante, Sainte-Beuve, Bernard Palissy, Desbordes-Val-
more. Correspondance de Mme la duchesse d'Orléans,
Scudo, Custine, etc.

25. **Collection Cazin.** 40 vol. in-18, rel. en veau tr. dor.
Cont : Crébillon, J.-B. Rousseau, Pascal, Télémaque,
Parny, Graffigny, Fontenelle, poésies satyriques dn 18°
siècle, Grandisson, etc.

26. **Collin de Plancy.** Dictionnaire féodal ou recherches
et anecdotes. *Paris, Foulon,* 1819. 2 tomes en 1 vol.
in-8°, rel.

27. **Commines** (Philippe de). Mémoires. *Bruxelle, F. Fop-*
pens, 1706, 2 tomes en 3 vol. in-8° rel. en vél.

28. **Commines** (Philippe de). Chroniques et Mémoires.
Paris, Desrez, 1838, gr. in-8° dem.-rel.

29. **Concours.** décennal ou collection gravée des ouvrages
de peinture, sculpture, architecture et médailles men-
tionnés dans le rapport de l'Institut. *Paris, Filliol,*
1812, in-fol. dem. rel.

30. **Courier** (P.-L.). OEuvres complètes. Nouv. édit. aug.
d'un grand nombre de morceaux inédits précédée d'un
essai sur la vie et les écrits de l'auteur, par Armand
Carrel. *Paris, Paulin,* 1834, 4 vol. in-8°, port. dem.-
rel.

31. **Coussy** (Mathieu de). Chroniques avec notes et notices,
par A. Buchon. *Paris, Desrez,* 1838, gr. in-8° dem.-
rel.

32. Couzinié. Dictionnaire de la langue Romano-Castraise
et des contrées limitrophes. *Castres*, 1850, gr. in-8°
cart.

33. Cuvier. Discours sur les révolutions de la surface du
globe. *Paris, Dufour*, 1826, in-4° port. dem.-rel. (1re
édition).

34. Lanneau (Victor de). Recueil de lettres précédées d'une
notice biographique, par Quicherat. *Paris*, imp. *Du-
verger*, 1851, in-8° dem.-rel. (*envoi d'auteur*).

35. Descamps. Vie des peintres Flamands et Hollandais.
Paris, Jombert, 1753, 4 vol. in-8° port. — Voyage pittoresque de Flandres et du Brabant, 1 vol. ens. 5 vol.
in-8° dem.-rel. — *(Belles épreuves)·*

36. Duclos. Œuvres. *Paris, Belin*, 1821, 3 vol. in-8° dem.-
rel.

37. Dulaure. Esquisses historiques des principaux événe-
ments de la Révolution française. *Paris, Baudoin*, 1823,
5 vol. — Histoire de la Révolution française depuis
1814 jusqu'à 1830. *Paris, Poirée*, 1838, 9 vol. ens. 14
vol. in-8° dem.-rel.

38. Dulaure. Histoire physique civile et morale de *Paris*.
Paris, Guillaume, 1823. 10 vol. — Histoire des en-
virons de Paris. *Paris, Levavasseur*, 1829, 6 vol.
Ens. 16 vol. in-8° dem.-rel.

39. Dupuis. Origine de tous les culte ou religion universelle.
Paris, Agasse, an III, 3 vol, in-4° et atlas dem.-rel.

40. Estoile (P. de l'). Journal des choses mémorables adve-
nues durant le règne de Henri III. *Cologne, P. Marteau*
1720, 2 vol. — Journal du règne de Henri IV. *La Haye,*

Vaillant, 1741, 4 vol. Ens. 6 vol. in-12, rel. (*rel. n. uniforme*).

41. **Ferrerio.** Palazzi di Roma de piv celebri architetti. in-4° oblong. rel.

42. **Fêtes** et courtisanes de la Grèce, supplément aux voyages d'Anacharsis et d'Anténor. *Paris, Buisson,* 4 vol. in-8° fig. rel.

43. **Flavius** (Joseph). OEuvres complètes. *Paris,* 1843, gr. in-8° dem.-rel.

44. **Froissart** (Jean). Les Chroniques avec Notes et éclaircissements, tables et glossaire, par Buchon. *Paris, Desrez,* 1835, 3 vol. gr. in-8° dem.-rel.

45. **Gault de Saint-Germain.** Guide des amateurs de peinture. *Paris,* 1835, in-8°. — Guide des amateurs de tableaux pour les écoles allemande, flamande et hollandaise. *Paris Ant.-Aug. Renouard.* 2 vol. in-12, ens. 3 vol.

46. **Galerie** de Lesueur, ou collection de tableaux, représentant les principaux traits de la vie de saint Bruno, dessinée et gravée par G. Malbeste, accompagnée de sommaires descriptifs, par Pougens. *Paris, Didot,* 1825, in-4°, dem.-rel.

47. **Galerie** française, ou collection de portraits des hommes et des femmes qui ont illustré la France dans les XVI° XVII° et XVIII° siècles, avec des notices et des fac-simile. *Paris, Didot,* 1821, 3 vol. in-4° dem.-rel.

48. **Geruzez.** Description historique et statistique de la ville de Reims. 1817, 2 vol. in-8° dem.-rel.

49. **Gorius**. Raccolta di antichita diverse etrusche. *Firenze,* 1725, in-fol. dem.-rel.

50. **Gretry**. Mémoires ou essais sur la musique. *Paris, an V* 3 vol. in 8°. — Villoteau. Recherches sur l'analogie de la musique. *Paris,* 1807, 2 vol. in-8° cart. n. rog. ens. 5 vol.

51. **Guizot**. Collection des mémoires relatifs à l'histoire de France. *Paris, Brière,* 1824, 26 vol. in-8, dem.-rel.

52. **Heath's** picturesque annual for. 1832, from drawings by Clarkson stanfield. — Tombleson's views of the Rhine edited by Fearnside (texte français). Ens. 2 vol. in-8° fig. cart.

53. **Histoire** du ministère du cardinal Jules Mazarin, descrite par le comte Galéazzo Gualdo. *Amsterdam,* Boom, 1671, 2 vol. in-18 v. viol. fil.

54. **Instruction** pour le peuple. Cent traités sur les connaissances les plus indispensables. *Paris, Dubochet,* 1848, 2 vol. g. in-8° fig. dem.-rel.

55. **Jubé** (Aug.). Le Temple de la gloire ou les fastes militaires de la France. *Paris, Rapet,* 1819, 2 vol. in-fol. fig. cart.

56. **La Bible**, traduction de la Vulgate, par le Maistre de Sacy. (Ancien testament.) *Paris,* S. D. 3 vol. gr. in-8' fig. dem.-rel.

57. **Lafaille**. Annales de la ville de Toulouse, depuis la réunion de la comté de Toulouse à la couronne avec un abrégé de l'ancienne histoire de cette ville et un recueil de divers titres et actes pour servir de preuves ou d'é-

claircissement à ces annales. *Toulouse*, 1687, 2 vol. in-fol. rel.

58. **La Harpe**. Abrégé de l'histoire générale des voyages. *Paris, Ledentu*, 1825, 24 vol. in-8° dem.-rel.

59. **La Harpe.** Lycée ou cours de littérature ancienne et moderne. *Paris, Déterville*, 1818. 16 vol. in-8° dem.-rel.

60. **La Libreria** medicco-laurenziana, architettura di michelagnolo Buonarruoti disegna e illustra da Giuseppe Ignazio Rossi. *In Firenze*, 1739, in-fol. port. 22 pl. dem.-rel.

61. **La sainte Bible** trad. sur les textes originaux, avec les différences de la Vulgate. *Cologne*, 1739, in-12, titre grav. v. br.

62. **Las Cases** (le comte de). Le Mémorial de Sainte-Hélène. *Paris, Lequien*, 1835, 2 vol. gr. in-8°, port. dem.-rel.

63. **Leblanc**. Recueil de 24 costumes étrangers, noirs et coloriés in-fol. dem.-rel.

64. **Lenoir** (Alex.). Histoire des arts en France, prouvée par les monuments. *Paris*, 1810. in-4° dem.-rel.

65. **Le Premier** volume des grandes chroniques de France selon que elles sont conservées en l'église de Saint-Denis en France; publiées par M. Paulin-Paris. *Paris, Techener*, 1836, in-fol. dem.-rel.

66. **Le Sage**. Histoire de Gil-Blas de Santillane. *Paris, Janet* an III, 4 vol. in-8° fig. dem.-rel.

67. **Levasseur**. Atlas national illustré des 86 départements

et des possessions de la France. *Paris, Combette*, 1856, in-fol. dem.-rel.

68. **Limiers**. Annales de la monarchie française, depuis son establissement jusqu'à présent. *Amsterdam,* 1738, 3 part. en 1 vol. in-fol. rel. en vél.

69. **Magny**. Principes de chorégraphie représentée en figures *Paris*, 1765. — D'Alembert. Elément de musique théorique et pratique. *Lyon, Bruyset*, 1779. — Gluck. Mémoires pour servir à l'histoire de la révolution opérée dans la musique. *Paris*, 1781. — Ginguené. Notice sur la vie et les ouvrages de Nic. Piccinni, *Paris*, an IX, in-8° port. ens. 4 vol.

70. **Mémoires** sur l'Impératrice Joséphine, ses contemporains, la cour de Navarre et de la Malmaison. *Paris, Ladvocat*, 1829, 3 vol. in-8, dem.-rel. — Lettres de Napoléon à Joséphine et lettres de Joséphine à Napoléon et à sa fille. 2 vol. ens. 5 vol.

71. **Mezeray**. Abrégé chronologique de l'histoire de France *Amsterdam, D. Mortier*, 1740, 13 vol. in-12, port. rel.

72. **Michaud** et Poujoulat. Collection des mémoires pour servir à l'histoire de France. Mémoires du card. de Retz, — mémoires de Geoffroy, de Ville-Hardouin. 2 vol. gr. in-8°, dem.-rel. v. uniforme.

73. **Millin**. Dictionnaire des Beaux-Arts. *Paris. Desray*, 1806, 3 vol. in-8° rel.

74. **Montaigne** (Michel de). Essais. *Paris, Lefevre*, 1818, 5 vol. in-8° port. dem.-rel.

75. **Montesquieu**. Œuvres complètes. *Paris, Lefevre*, 1820, 5 vol. in-8° port. dem.-rel.

76. Montfaucon (Bernard de). Les Monuments de la monarchie française, avec les fig. de chaque règne, que l'injure du temps a épargnées, en français et en latin. *Paris, Gandouin,* 1729-93, 5 vol. in-fol. rel.

77. Montgaillard (de). Histoire de France. *Paris,* 1834, 9 vol. in-8° fig. dem.-rel.

78. Norvins. Ch. Nodier etc. Italie pittoresque, tableau historique et descriptif de l'Italie du Piémont, de la Sardaigne, de la Sicile de Malte et de la Corse. *Paris, Coste,* 1834, gr. in-8° fig. dem.-rel.

79. Ovide. Les Métamorphoses en latin et en français de la trad. de l'abbé Banier. *Paris, Le Clerc,* 1767, 4 vol. in-4° fig. de Monnet, dem.-rel.

80. Parerga atq ornamenta, ex Raphaelis santij prototypis a Joanne Nannio Utinensi, in Vaticani Palatij Xistis partim opere plastico, partim coloribus expussa ad veterum ornamentorum, etc., in-fol. oblong, 43 pl. dem. rel.

81. Pascal (Blaise). Lettres provinciales et pensées. *Paris, Lefevre,* 1819, 2 vol. in-8° port. dem.-rel.

82. Plutarque. Les Vies des hommes illustres grecs et romains translatées, par J. Amyot. *Paris, Abel l'Angelier* 1604, 2 vol. pet. in-8° rel.

83. Plutarque. Vies des hommes illustres. *Paris,* 1804, 4 vol. in-8° port. rel.

84. Poldo d'Albenas (Jean). Discours historial de l'antique et illustre cité de Nîmes. *Lyon, G. Roville,* 1560, in-fol. fig. rel.

85. **Rabelais** (François). OEuvres publiées sous le titre de faits et dits du géant Gargantua et de son fils Pantagruel avec des remarques historiques et critiques de M. le Duchat, 1732, 5 vol. in-12, v. f.

86. **Raynal.** Histoire philosophique et politique des établissements et du commerce des européens dans les deux Indes. 12 vol. in-8° fig. et Atlas in-4° dem.-rel.

87· **Recueil** manuscrit, pensées morales, tirées des anciens poètes latins et autres (*attribué à J.-J. Rousseau*) et dédié à Mme Dupin. In-4° dem.-rel,

88. **Regnier.** OEuvres complètes. *Paris, Lequien*, 1822, in-8° dem.-rel.

89. **Regnier**. (Sieur de la Planche.) Histoire de l'Estat de France, tant de la République que de la religion sous le règne de François II, publiée par M. Ed. Mennechet. *Paris, Techener*, 1836, in-fol. cart.

90. **Reveil.** Galerie des arts et de l'histoire. *Paris, Hivert*, 1836, 8 vol. in-12. — Musée religieux. *Paris. Hivert*, 1836, 4 vol. in-12. Ens. 12 vol. dem.-rel. n. unif.

91. **Rousseau** (J.-J.). OEuvres. *Paris, Déterville*, 1817, 18 vol. in-8° fig. dem.-rel.

92. **Rullière.** OEuvres posthumes. *Paris, Ménard et Desenne*, 1819, 4 vol. in-8° dem.-rel. v. bl.

93. **Satyre**. Ménippée de la vertu du catholicon d'espagne et de la tenue des états de Paris. *Ratisbonne*, 1752, 3 vol. in-8°, fig. rel.

94. **Sujets** de Vases grecs avec leurs inscriptions, tirés de la collection du chevalier Hamilton. *Paris, Dannecun.* In-4° oblong. dem.-rel.

95. **Sauzay**. Haydn, Mozart, Beethoven. Etude sur le quatuor. *Paris*, 1861, in-8°. — Castil Blaze. Chapelle-Musique des rois de France, in-12. — Petit fouillis éparpillis en ramassis, in-8°, ens. 3 vol.

96 **Scarron**. OEuvres. *Amsterdam*, *P. Mortier*, 1704, 10 vol. pet. in-12, dem.-rel.

97. **Segrais**. Poésies précédées d'un essai sur les poëtes bucolique . *Caen*, 1825, in-8° port. dem.-rel.

98. **Sévigné** (Mme de) Lettres à sa fille et à ses amis. nouv. édit., mise dans un meilleur ordre, par A. Grouvelle. *Paris*, *Bossange*, 1806, 8 vol. in-8° pap. vél. port. cart. n. rog.

99. **Spectacles** de la cour, 1764, in-8° mar. rouge fil. tr. dor. (aux armes de France).

100. **Tallemant** des Réaux. Les Historiettes. *Paris*, *Delloye*, 1840, 10 tomes en 5 vol. in-12, port. dem.-rel.

101. **Térence**. Comédies, trad. nouv. avec le texte latin à côté et des notes. Par l'abbé le Monnier. *Paris*, *Jombert*, 1771, 3 vol. in-8°, v. rac. lil.

102. **Theatro** moral de la Vida humana, en cien emblemas con el enchiridion Epicteto y ls tabla de Cebes, philosofo Platonico. *Ambères*, 1733, in-fol, fig. cart.

103. **Tissot**. Histoire complète de la Révolution française. *Paris*. *Silvestre*, 1834-35, 6 vol. in-8° dem.-rel.

104. **Turpin de Crissé**. Souvenirs du golfe de Naples, recueillis en 1808, 1818 et 1824. *Paris*, 1828, in-fol. dem.-rel.

105. **Un Recueil** de gravures, 82 pièces avec quatrains manuscrits·

106. **Un Recueil** de 72 pièces sur 36 feuilles, gravées sur bois, sujets de la bible.

107. **Vatout.** Le Château d'Eu, etc. Notices historiques. *Paris*, 1836, 5 vol. in-8° dem.-rel.

108. **Viardot.** Musées d'Allemagne et de Russie. — Musées de France, Paris. — Musées d'Espagne, d'Angleterre et de Belgique. — Musées d'Italie. Ens. 4 vol. in-12 dem.-rel.

109. **Virgile.** OEuvres trad. en français, le texte vis à vis la traduction, par l'abbé des Fontaines. *Paris, Catineau,* 180?, 4 vol. in-8° fig. v. rac. fil.

110. **Voltaire.** OEuvres complètes. 1775, 70 vol. in-8° fig. de Moreau. rel.

111. **Walckenaër.** Histoire de la vie et des ouvrages de J. de la Fontaine. *Paris, Nepreu,* 1824, in-8° port. dem.-rel.

112. **Weyerman** (Jacob Campo). De Levens-Beschryvingen der nederlandsche Konst-Schilders en Konst-Schilderessen. Gravenhage, 1729, 2 vol. in-4° port. rel en vél.

113. **Quantité de bons ouvrages en tous genres** qui seront vendus en lots.